EL BARCO  DE VAPOR

Mini tiene que ir al hospital

Christine Nöstlinger

Traducción de Carmen Bas

Esta es Herminia Zipfel. Todos la llaman Mini. Es muy alta, muy delgada, muy pelirroja y muy pecosa.

Mini ha terminado segundo. Ahora es verano y tiene vacaciones. A Mini no le gustan mucho las vacaciones, porque su papá y su mamá no las tienen. En esta época, la abuela viene a casa por las mañanas. Se queda con Mini y con su hermano mayor, Moritz, hasta que mamá vuelve de la oficina.

No es fácil llevarse bien con la abuela de Mini. Enseguida se enfada. Siempre hay algo que le molesta. Le da mucha importancia a los buenos modales y no tiene paciencia. No quiere que otros niños vengan a casa. No quiere que Mini vaya al parque. La comida que prepara no está rica, y siempre apaga la televisión cuando la estás viendo.

Dice que si ves la televisión te vuelves tonto.

A Mini y a Moritz les gustaría quedarse solos en casa. Todas las tardes, Moritz le dice a mamá:

¡TENGO DIEZ AÑOS! ¡NO NECESITO UNA NIÑERA!

Y Mini dice:

–¡Es verdad, mamá! ¡Podemos cuidar de nosotros mismos!

Pero no es así. Siempre que Moritz cuida de sí mismo, algo sale mal.

Una vez se fue de casa a toda prisa, cerró la puerta de golpe y se dejó las llaves puestas en la cerradura, por dentro. Y tuvo que venir el cerrajero a abrir la puerta.

En otra ocasión se puso a jugar al fútbol en el cuarto de estar y, en vez de tirar a la pared, le dio a la puerta de cristal. Al recoger los trozos, se cortó en los dedos y se hizo sangre. «¡Me desangro!», gritaba mientras corría por toda la casa con las manos ensangrentadas. Luego había manchas por todas partes.

Otro día puso una *pizza* en el horno, para comérsela. Después se fue al supermercado a comprar un refresco de cola. Allí se encontró a Edi y se puso a hablar con él durante mucho, mucho tiempo. Y luego le acompañó a su casa. Cuando volvió, salían nubes de humo gris por la ventana. La portera quería llamar a los bomberos.

Otra vez invitó a dos amigos a casa y se pusieron a escupir por la ventana. Y le dieron a la señora Popp en la cabeza. La señora Popp llamó a papá a la oficina para quejarse. Luego se fue a la peluquería a lavarse el pelo, y papá tuvo que pagar la factura.

Por eso es normal que mamá diga:

–¡No estaría tranquila en la oficina un solo minuto si os quedáis solos en casa!

Así que Mini se queda con la abuela y espera impaciente el primer fin de semana de agosto. El abuelo de su amiga Maxi tiene fuera de la ciudad un huerto donde pasarán esos tres días. Van a dormir en una tienda de campaña. La cabaña que hay en el huerto es tan pequeña que en ella solo puede dormir el abuelo.

¡Han planificado ese fin de semana desde Pascua! La idea de la tienda de campaña se le ocurrió a Maxi.

Pasa lo siguiente: Maxi duerme muchas veces en casa de Mini, pero Mini nunca ha ido a dormir a casa de Maxi.

Y es que la casa de Maxi es muy pequeña. Ella duerme con sus hermanas en una habitación diminuta en la que no cabe ni un colchón para invitados. Los padres de Maxi duermen en el cuarto de estar, en un sofá que se convierte en cama.

Así que, en Pascua, Maxi le dijo a Mini:

–Tú siempre me invitas. Yo también quiero hacerlo. ¡Por eso te invito a dormir en una tienda de campaña que está delante de la cabaña de mi abuelo el primer fin de semana de agosto!

Desde entonces, Mini y Maxi esperan con impaciencia que lleguen esos tres días para pasarlos juntas en una tienda de campaña.

Moritz no lo entiende.

—¡Vaya rollo! —dice—. Ni siquiera hay piscina. Y tampoco hay televisión. ¿Vais a quitar malas hierbas?

—Estaremos todo el tiempo juntas, tres días enteros —le explica Mini—. ¡Solas las dos! ¡Día y noche! ¡Con eso nos basta!

—¡Eso basta para volverse loco! —se burla entonces Moritz.

¡TÚ NO ENTIENDES LO QUE ES ESTAR CON TU MEJOR AMIGA!

Mini está convencida de que las vacaciones en el huerto serán toda una aventura.

¿Puede haber algo mejor que dormir en una tienda de campaña; lavarse por la mañana en la fuente, como los gatos; hacer unas salchichas en un *camping gas*; coger frambuesas de la mata; meterse con los pies sucios en el saco de dormir y escuchar un concierto de ranas al anochecer?

Y lo más importante: ¡hablar y hablar y hablar todas las noches con Maxi!

Desde Pascua, Mini se lee tres libros cada semana. Maxi también.

Antes siempre se contaban lo que habían leído, pero desde Pascua ya no lo hacen.

Pero a mediados de julio, mamá anunció que tenía una supersorpresa.

–¡He conseguido una semana de vacaciones! –dijo mamá–. El 30 de julio nos vamos a Italia.

Moritz dio un salto de alegría y gritó:

–¡Hurra!

–¡Ese fin de semana, yo me voy con Maxi al huerto de su abuelo! –gritó Mini.

Papá dijo:

–Vete más tarde.

Mamá dijo:

–O antes.

–Antes, Maxi se va a Tirol, y luego está con su tía en Linz –Mini miró a papá y a mamá con cara de reproche–. Lo sabíais desde Pascua.

Mamá dice muy triste:

–¡Se me había olvidado!

- Podemos ir antes o después a Italia –propuso Mini.

Mamá dijo que eso era imposible. Que solo le darían esa semana libre.

–¡Entonces yo no iré con vosotros! –dijo Mini–. ¡Prefiero estar en la tienda de campaña que en Italia!

A Mini no le gustan los sitios donde hace mucho sol, porque enseguida se le quema la piel.

–Nos vamos el lunes –dijo papá–. Tus vacaciones en el huerto no empiezan hasta el viernes. Le preguntaremos a la abuela si puedes dormir en su casa de lunes a jueves.

–¿No puede venir ella a dormir aquí? –preguntó Mini.

–No –dijo mamá–. Porque piensa que solo puede dormir en su propia cama.

Moritz dijo:

–¡Ni siquiera tendrás el consuelo del abuelo Zwickel: está en el balneario!

(El abuelo Zwickel lleva un año casado con la abuela y es muy divertido.)

Vivir con la abuela es una pesadez. Su casa está llena de muebles con muchos tapetes y cojines. ¡Todo el tiempo hay que tener cuidado de que no se rompa nada! Hay más figuras de cristal y porcelana que en una tienda.

Tampoco se puede tocar nada. A la abuela le molesta que un tapete se haya movido un poco o que un cojín esté en el sofá equivocado.

Dos semanas más tarde, el lunes por la mañana, mamá llevó a Mini con su mochila a casa de la abuela.

Mamá le deseó a Mini que lo pasara muy bien con Maxi y se despidió de ella con un fuerte beso. A la abuela le dio un papel con el número de su teléfono móvil.

¡Mini se sintió aliviada cuando mamá se marchó! Le dolía la tripa. Ya le dolía por la mañana, cuando se despertó, pero tenía miedo de que mamá se enterara. Habría dicho que Mini estaba mala y que la necesitaba, y habría suspendido el viaje a Italia. Mini no quería que eso ocurriera. ¡Moritz no se lo habría perdonado!

«Lo importante», pensó, «es que el viernes esté bien». Y de eso estaba completamente segura. Nunca le duraba el dolor de tripa más de dos días.

Pero a mediodía no solo le dolía la tripa, sino que además estaba muy revuelta. Cuando la abuela puso una cazuela llena de albóndigas sobre la mesa y a Mini le entró el olor por la nariz, le dieron ganas de vomitar.

Salió al cuarto de baño a toda prisa y vomitó todo lo que tenía en el estómago.

Luego se sintió algo mejor.

La abuela le llevó una manzanilla y unas galletas y le preparó una cama en el sofá del cuarto de estar. No dejaba de gemir:

Llegó el martes y Mini todavía no estaba bien. ¡Al contrario!: tenía fiebre y, además, una horrible diarrea.

La abuela gemía: «¡Oh Dios mío, oh Dios mío!», y Mini estaba demasiado débil para tranquilizarla.

El miércoles, Mini tuvo que ir al cuarto de baño el doble de veces que el martes. Cada vez que la abuela le ponía la taza con manzanilla delante de la boca y bebía un poco, tenía que irse a vomitar.

Algunas veces sentía muchísimo frío, y al rato, muchísimo calor.

Y la abuela ya no solo gemía: «¡Oh Dios mío, oh Dios mío!», sino que entre medias repetía continuamente: «¿Dónde habré metido el papel con el número de teléfono?». Y también: «¡Tanta responsabilidad es demasiado para mí sola!».

Quería llamar a la mamá y al papá de Mini. Pensaba que debían volver de Italia inmediatamente.

La abuela no encontraba el papel con el número de teléfono.

¡Claro que no podía encontrarlo!

Mini lo había cogido y lo había escondido debajo de su almohada. No quería que mamá, papá y Moritz interrumpieran sus vacaciones por su culpa. Además, confiaba en estar buena el viernes. Intentaba convencerse de que estaba bien.

Pero eso no sirvió de nada.

El jueves estaba tan débil que ya ni siquiera podía ir al cuarto de baño. Tenía que llevarla la abuela. Las horribles ganas de vomitar no se iban. Y la fiebre no bajaba.

La abuela llamó al teléfono de información y preguntó por el número del móvil del señor Zipfel, pero la señora de información le dijo que era un número privado, que no se lo podía dar.

Por la tarde, la abuela llamó al abuelo Zwickel al balneario y, entre muchos «¡Oh Dios mío, oh Dios mío!», le contó que no había encontrado a su hijo y que la niña estaba muy enferma y que ella no podía cargar con toda la responsabilidad. Y que le tenía que decir enseguida qué debía hacer.

El abuelo Zwickel gritó tan alto por el teléfono que hasta Mini pudo oírle desde el sofá:

La abuela llamó al médico al que ella acudía siempre para tomarse la tensión. Pero salió un contestador que decía que, en caso necesario, contactara con el médico de urgencias.

Y eso es lo que hizo tras murmurar un par veces: «¡Oh Dios mío, oh Dios mío!», a toda prisa.

Luego pasó algo más de una hora antes de que llegara el médico de urgencias. En la calle ya era de noche.

El médico le dijo a la abuela que había mucha gente con esa infección intestinal y con fiebre alta. Que no era grave y que no debía temer por su nieta. Pero que sería mejor llevar a Mini al hospital. Que la niña estaba muy delgada y que, además, había perdido mucho líquido. ¡Un par de sueros le devolverían la vida en un par de días!

Mini se echó a llorar.

–Pero, pero... –dijo el médico de urgencias para intentar consolarla– en el hospital no se está tan mal...

Eso a Mini no le sirvió de consuelo. No lloraba porque le asustara el hospital. ¡Mini no es una cobarde!

Lloraba porque estaba claro que ya no podría disfrutar de las vacaciones con Maxi. Y cuando has esperado cuatro meses para que algo llegue y luego no llega, tienes que llorar.

Y a Mini tampoco le servía de consuelo que la abuela se pudiera quedar con ella en el hospital.

A Mini le gusta su abuela, pero no la aguanta mucho. Y, además, tampoco tenía ganas de oír continuamente su «¡Oh Dios mío, oh Dios mío!» en el sanatorio.

Mini pensó: «De algún modo tengo que conseguir que la abuela sepa que no quiero que venga conmigo al hospital».

Naturalmente, Mini no quería decírselo a la abuela delante del médico de urgencias.

Y cuando el médico se marchó, Mini tuvo que salir rápidamente al cuarto de baño.

Y justo cuando volvía al sofá, el enfermero de la ambulancia llamó al timbre.

La abuela lo condujo hasta Mini. El enfermero la miró.

El enfermero sacó a Mini de casa envuelta en una manta y bajó las escaleras con ella en brazos. La abuela iba detrás, gimiendo, y les decía a los vecinos, que habían salido a la puerta a mirar, que estaba a punto de darle un infarto. Los vecinos no consiguieron enterarse de lo que le había pasado a Mini.

Mini no quería ver a la abuela. Mini no quería ver a los vecinos. Tampoco quería ver al enfermero. ¡No quería ver a nadie! ¡No quería ver nada! No tenía ganas de abrir los ojos.

Solo los abrió un instante cuando el enfermero la puso sobre la camilla de la ambulancia. Luego hizo como que dormía.

Se hizo la dormida durante todo el viaje. Ni siquiera abrió los ojos cuando la ambulancia se detuvo y sacaron la camilla. ¡No quería saber nada del resto del mundo!

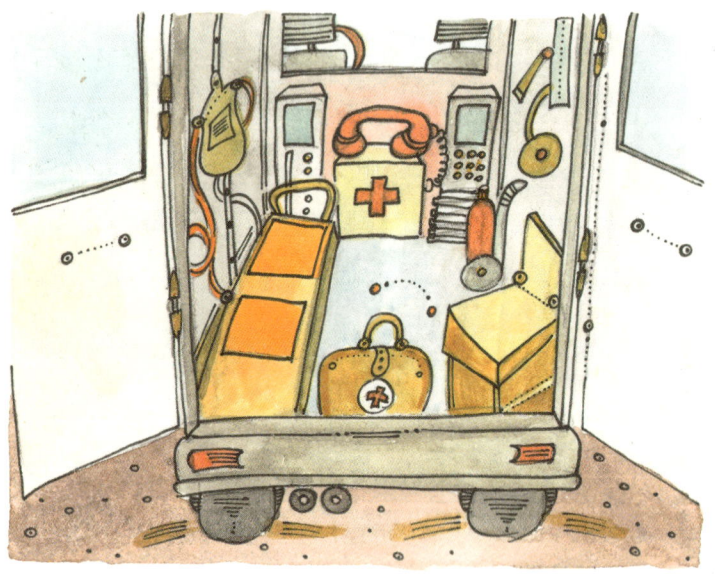

Cuando tienes diarrea y dolor de tripa, cuando tienes al lado una abuela que no para de gemir «¡Oh Dios mío, oh Dios mío!», en vez de una mamá que te acaricie, cuando tienes un fuerte dolor de cabeza en vez de unas vacaciones en el campo... ¡entonces acabas enfadada con el resto del mundo!

Pero, de pronto, alguien le cogió la mano y se la acarició, y Mini abrió los ojos. Enseguida se sintió mucho mejor.

La mujer baja y gordita con bata blanca que se inclinaba sobre ella y que le acariciaba la mano tenía el pelo rizado y muy rojo. No era teñido, era natural. Y la mujer alta y delgada con bata blanca que estaba a su lado también tenía el pelo rizado y muy rojo. También era natural, sin teñir.

¿Por qué Mini se sintió tan bien de repente? Porque a Mini le pasa una cosa: como hay muy pocas personas con el pelo rizado y muy rojo, cuando ve a una es como si la conociera.

Y en el hospital no está mal encontrarse con gente «conocida»; te sientes mejor.

–Enseguida podrás dormir –dijo la mujer baja y rechoncha.

Mini iba a decir que no dormía, pero entonces entró un señor en la consulta. También llevaba una bata blanca. No tenía pelo. Estaba totalmente calvo.

El hombre calvo se echó a reír y dijo:

La mujer bajita le explicó a Mini:

—Este es el doctor Kugerl. Su bisabuela le enseñó que todas las pelirrojas son brujas.

—¡Pues sí! —el doctor Kugerl le guiñó un ojo a Mini—. ¿Puedes hacer hechizos o no?

—¡Pues no! —dijo Mini—. ¡Si no, ya me habría puesto buena!

—¡Es verdad! —dijo el doctor Kugerl—. Pero no importa. Los hechizos para ponerse bueno los hacen la enfermera Rosi y la enfermera Resi.

Mini pensó cuál de las dos pelirrojas sería Rosi y cuál sería Resi.

Pensó que Rosi le pegaba más a la bajita y gordita. Y Resi, a la alta y delgada.

¡Pero se había equivocado! La alta y delgada era Rosi y la baja y regordeta era Resi.

Eso lo vio cuando se sentó para quitarse el pijama y que el doctor Kugerl la pudiera examinar.

Vio que en el bolsillo de la bata de la señora bajita y gordita ponía con letras rojas RESI, y que en el bolsillo de la bata de la señora alta y delgada ponía ROSI.

Cuando el doctor Kugerl terminó de examinar a Mini, le dijo que enseguida le pondrían suero. Y que le iba a explicar lo que era el suero. Pero Mini dijo:

–Ya sé lo que es. Me pincharán con una aguja en una vena de la mano y pondrán un pequeño tapón. Ahí se enganchará un tubo finito. Y por él pasará el líquido, gota a gota, desde una bolsa hasta mi cuerpo.

–¡Muy bien! –exclamaron la enfermera Rosi y la enfermera Resi.
Y el doctor Kugerl preguntó:
–¿Te han puesto suero alguna vez?
Mini sacudió la cabeza.

Pero la respuesta del médico fue un pinchazo en la mano.

Y después puso un trocito de esparadrapo encima, para que la aguja no se saliera.

–La bolsa te la pondrá luego la enfermera Resi, cuando estés en tu habitación –dijo el doctor Kugerl.

Luego le deseó a Mini que pasara una buena noche, llena de sueños bonitos, y salió de la consulta.

Mini preguntó a la enfermera Rosi y a la enfermera Resi:

–Por favor, ¿dónde está mi abuela?

La enfermera Rosi dijo:

–Está en la recepción, dando tus datos.

Y la enfermera Resi dijo:

–Enseguida estará contigo.

Mini miró a la enfermera Rosi y a la enfermera Resi, y muy sonriente dijo:

–Por favor, mi abuela solo puede dormir en su cama. ¡Y yo ya no soy un bebé!

La enfermera Rosi miró a la enfermera Resi.

Las dos miraron a Mini y le preguntaron sorprendidas:

—¿No quieres que tu abuela se quede contigo?

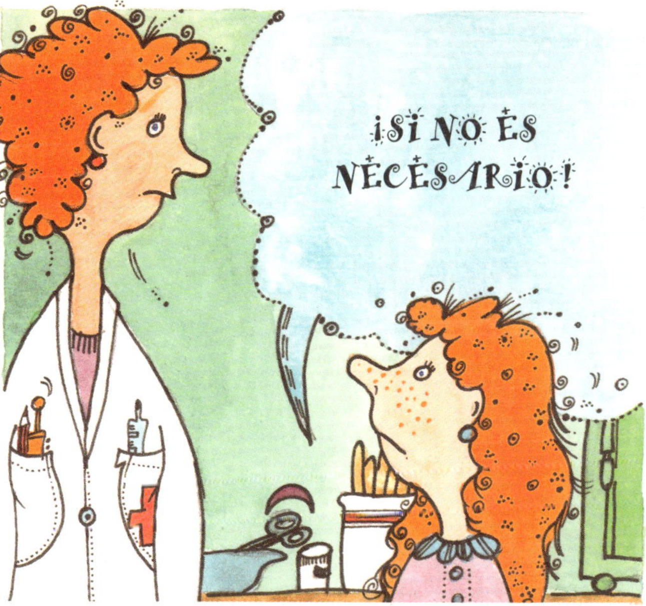
¡SI NO ES NECESARIO!

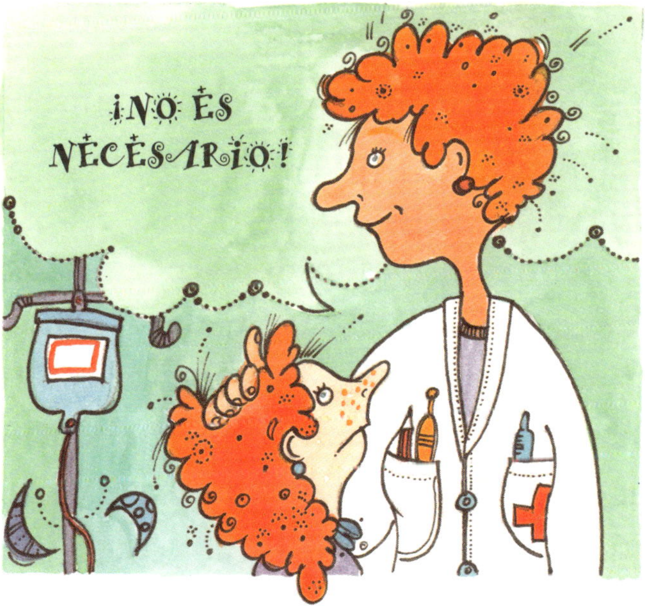
¡NO ES NECESARIO!

Si Mini no hubiera pensado que la enfermera Rosi y la enfermera Resi eran «conocidas», no se habría atrevido a preguntarles:

–Por favor, ¿podrían decirle a mi abuela que no se puede quedar conmigo?

Y como la enfermera Rosi y la enfermera Resi la miraron un poco sorprendidas, Mini dijo:

–Es que mi abuela se ofende enseguida.

La enfermera Resi le prometió a Mini que hablaría con su abuela.

–Pero antes te llevaré a tu habitación –dijo–. Está aquí al lado. ¿Quieres que te lleven o puedes ir tú sola?

Mini estaba segura de que podía ir sola. Ya no se encontraba tan mal como hacía dos horas. Y no le dolía tanto la cabeza. ¡Y eso que todavía no le habían puesto el suero! ¡A lo mejor, pensó, era verdad que Rosi y Resi podían hacer brujería!

Como solo iba a estar en casa de la abuela unos días, Mini no se había llevado ni zapatillas ni bata. Así que la enfermera Resi le llevó un albornoz rosa y unas zapatillas negras con mariquitas rojas. Y Mini salió de la consulta tambaleándose sobre sus piernas temblorosas.

La habitación tenía dos camas. Las paredes estaban decoradas con unos cuadros muy alegres. En un rincón había una mesa con dos sillas. Y en la ventana lucía una cortina azul con elefantes rosas.

Mini se quitó el albornoz rosa y las zapatillas de mariquitas y se tumbó en la cama. La enfermera Resi la tapó.

–Muy bien, cielo –dijo–. Ahora voy a ir a hablar con tu abuela para decirle que ya eres mayor y que no la necesitas por la noche. Y luego la traeré para que se pueda despedir de ti. ¿De acuerdo?

La enfermera Rosi salió de la habitación, y Mini pensó si no sería mejor hacerse la dormida otra vez cuando viniera la abuela.

Pensó: «¡Así no haré nada mal y no se ofenderá!».

Pero luego se acordó de que cuando se hace la dormida le tiemblan los párpados. Y que mamá, papá y Moritz notan enseguida que no está dormida de verdad. Y que seguro que la abuela lo notaba también. Y entonces estaría doblemente ofendida, porque su nieta se hacía la dormida para no tener que hablar con ella.

Así que esperó a la abuela con los ojos abiertos.

Mini no tuvo que esperar mucho tiempo. Y además, se había preocupado sin motivo. La abuela no estaba nada ofendida. Estaba muy contenta de no tener que dormir en el hospital, en una cama que no era la suya. Se le notaba, aunque no quería reconocerlo.

Preguntó tres veces:

–¿Estás segura de que puedo dejarte sola?

Y Mini contestó las tres veces:

La abuela le plantó a Mini dos besos en la frente y murmuró emocionada que era una niña muy buena y muy valiente.

Luego dijo que, a la mañana siguiente, volvería muy temprano para traerle a Mini sus cosas de aseo.

Con tanto lío, a Mini se le había olvidado que en el hospital también hay que ducharse, peinarse y lavarse los dientes.

Mini le pidió a la abuela:

–Tienes que hacerme un favor. Apunta un número de teléfono.

La abuela rebuscó en su bolso. Encontró un bolígrafo y un cuaderno pequeñito. Mini le dictó el número de teléfono de Maxi. Se lo sabía de memoria.

–Llámala mañana por la mañana y dile que estoy en el hospital.

La abuela guardó el cuaderno y el bolígrafo en el bolso y se despidió. Se paró en la puerta de la habitación, se giró y le lanzó a Mini un beso con la mano.

Mini se sentía muy débil y cansada. Bostezó y pensó sorprendida: «¡Vaya, qué cosas! Ahora la abuela no ha dicho una sola vez "¡Oh Dios mío, oh Dios mío!"».

Mini ya estaba casi dormida cuando la puerta se abrió otra vez y entró la enfermera Resi con una bolsa llena de suero y un soporte con ruedas para colgarla.

–Muy bien, tesoro –dijo–. Enseguida te vamos a poner el suero y así podrás dormir como un lirón.

Puso el soporte junto a la cama de Mini, colgó la bolsa de suero en un gancho y enchufó un tubo finito a la bolsa.

Luego retiró el esparadrapo de la mano de Mini y ajustó el otro extremo del tubo a la aguja que Mini tenía clavada en la mano.

Pero Mini estaba tan débil y cansada que casi no se enteró de nada. No podía mantener los ojos abiertos.

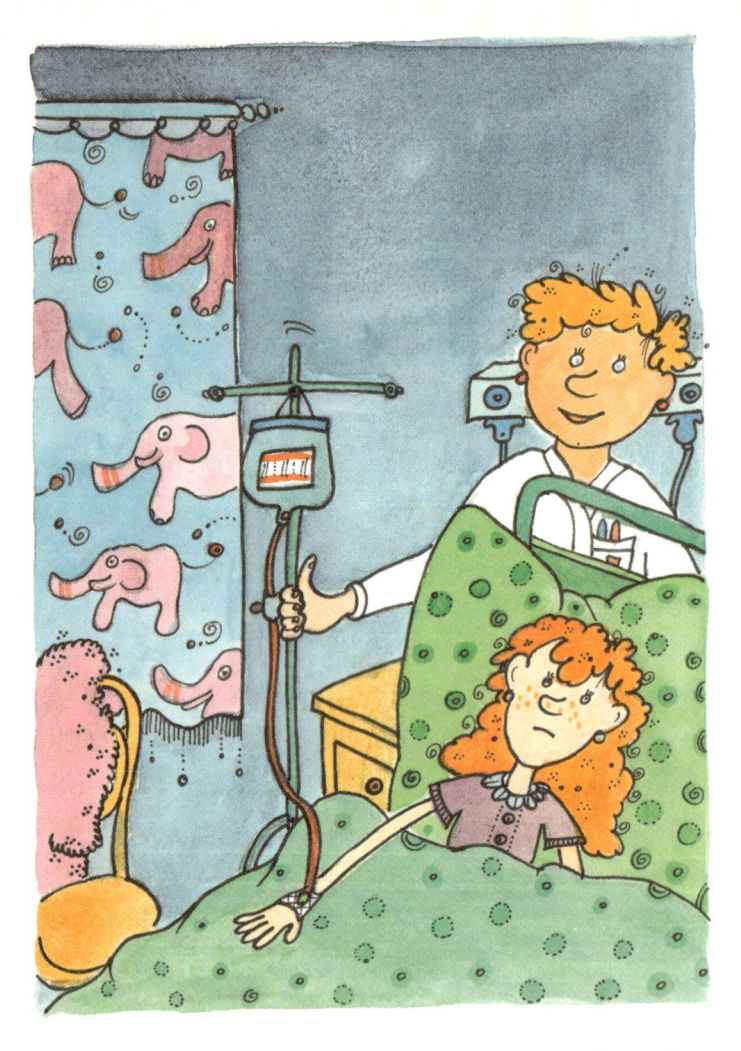

—¡Buenas noches, Mini! —le dijo la enfermera Resi en voz baja.
Pero Mini ya se había dormido.

Durmió tan profundamente que ni siquiera se despertó cuando, una hora más tarde, la enfermera Resi entró en la habitación para retirar el tubo finito de su mano y la bolsa del soporte.

Mini no se despertó hasta que, por la mañana, la enfermera Rosi corrió la cortina de elefantes.

−¿Cómo estás Mini? −preguntó.

Mini se encontraba muy bien. Ya no tenía ganas de vomitar. Todavía le sonaba un poco la tripa, pero ya no le dolía la cabeza.

Entonces entró un chico joven en la habitación y dejó una infusión y un plato con galletas en la mesilla. Mini notó que tenía mucha hambre y mucha sed, y se abalanzó sobre la infusión y las galletas.

–Yo soy Harri –dijo el chico joven–. Trabajo aquí como ayudante. Soy voluntario.

–¿Qué es un voluntario? –preguntó Mini sin dejar de masticar.

–Es alguien que quiere ayudar haciendo algo útil –le explicó Harri.

Se acercó a la otra cama, retiró la colcha, ahuecó la almohada y dijo:

–¡Vas a tener compañía!

–¿Qué tiene? –preguntó Mini.

–Lo mismo que tú –dijo Harri.

¡Y de pronto, Mini creyó estar soñando!

¡Maxi entró en la habitación con un albornoz rosa, unas zapatillas negras de mariquitas rojas en los pies y un esparadrapo en la mano!

Se tumbó en la cama vacía y gimió:

–¿Qué haces ahí?

–Ponerme buena –dijo Mini.

–Me van a poner suero –la voz de Maxi sonaba como si tuviera miedo.

–A mí ya me lo han puesto –dijo Mini–. No duele y sirve para que te cures. ¡Yo ya estoy casi bien!

Entonces entró la enfermera Resi con dos bolsas de plástico y un soporte para colgarlas. Primero le puso el suero a Maxi, luego a Mini. Y a mediodía, Maxi ya se encontraba mejor.

–¡Qué suerte hemos tenido! –dijo con una sonrisa.

–Estar en el hospital no es tener suerte –le contradijo Mini.

–¡Pero ponernos malas y estar en la misma habitación sí lo es! –dijo Maxi.

Por la tarde vino el doctor Kugerl a ver a Mini y a Maxi.

—¿Os habéis hecho amigas? —les preguntó.

Maxi se echó a reír.

—¡Hace dos años que somos amigas!

—¡Y nos ha tocado la misma habitación! —dijo Mini.

El doctor Kugerl le guiñó el ojo a Mini.

—No existen las casualidades.

Mini y Maxi estuvieron tres días en el hospital. Y se lo pasaron muy bien juntas, con el doctor Kugerl y con las enfermeras Rosi y Resi. Y se contaron las historias de todos los libros que habían leído desde Pascua. En vez de lavarse como los gatos en la fuente del huerto, se lavaron como los gatos en el lavabo. ¡Aunque en el sanatorio no había ranas que dieran un concierto nocturno! ¡Ni manzanos a los que subirse! ¡Ni salchichas!

Pero Mini y Maxi estuvieron juntas todo el tiempo y pudieron hablar y hablar y hablar. ¡Y eso era lo más importante!

Los padres de Mini volvieron de Italia el sábado por la noche.

En casa, Moritz escuchó el contestador y gritó:

–¡Ha llamado la abuela! ¡Ha perdido el número de nuestro móvil y no nos ha podido decir que Mini está en el hospital!

Mamá y papá se cayeron del susto en el sofá.

Luego, papá marcó con dedos temblorosos el número de teléfono de la abuela.

Sonó muchas veces antes de que la abuela contestara entre bostezos.

–¿Qué le ha pasado a Mini? –gritó papá por el teléfono.

La abuela se lo explicó, y papá suspiró aliviado. Al final dijo:

–Está bien. Mañana temprano iremos a recogerla.

El lunes, a las nueve, Mini y Maxi salieron del hospital. Las dos se encontraban ya muy bien.

Y cuando los papás y las mamás dijeron que era una pena que se hubieran quedado sin vacaciones en el huerto, Mini y Maxi se echaron a reír y dijeron:

¡HEMOS PASADO LAS VACACIONES EN EL HOSPITAL!

¿QUIERES LEER MÁS?

SI TE HAS QUEDADO CON GANAS DE LEER MÁS AVENTURAS DE MINI, ESTÁS DE ENHORABUENA: EL BARCO DE VAPOR ESTÁ LLENO DE ELLAS.

1. *MINI VA AL COLEGIO*
2. *MINI Y EL GATO*
3. *MINI VA A LA PLAYA*
4. *MINI EN CARNAVAL*
5. *¡MINI ES LA MEJOR!*
6. *MINI, AMA DE CASA*
7. *MINI VA A ESQUIAR*
8. *MINI Y SU NUEVO ABUELO*
9. *MINI, DETECTIVE*
10. *MINI NO ES MIEDICA*
11. *EL CUMPLEAÑOS DE MINI*

Christine Nöstlinger
EL BARCO DE VAPOR, SERIE AZUL, SUBSERIE MINI

OTRO PERSONAJE DE EL BARCO DE VAPOR A QUIEN, COMO A MINI, LE OCURREN MIL COSAS ES MAXI, UN NIÑO NORMAL Y CORRIENTE QUE TIENE UN PROPÓSITO EN LA VIDA: SER AVENTURERO.

1. *MAXI EL AVENTURERO*
2. *MAXI Y LA BANDA DE LOS TIBURONES*
3. *MAXI, PRESIDENTE*
4. *MAXI, EL AGOBIADO*

Santiago García-Clairac
EL BARCO DE VAPOR, SERIE AZUL, SUBSERIE MAXI

Dirección editorial: Elsa Aguiar
Coordinación editorial: Gabriel Brandariz
Ilustraciones: Christine Nöstlinger jr.
Ilustración de cubierta: Bruno Wegscheider
Traducción: Carmen Bas Álvarez

Título original: *Mini muss ins Krankenhaus*

© Dachs-Verlag, A-1020 Wien, 2005
© Ediciones SM, 2009
   Impresores, 2
   Urbanización Prado del Espino
   28660 Boadilla del Monte (Madrid)
   www.grupo-sm.com

ATENCIÓN AL CLIENTE
Tel.: 902 12 13 23
Fax: 902 24 12 22
e-mail: clientes@grupo-sm.com

ISBN: 978-84-675-3581-5
Depósito legal: M-29367-2009
Impreso en España / *Printed in Spain*
Orymu, SA - Ruiz de Alda, 1 - Pinto (Madrid)

Cualquier forma de reproducción, distribución, comunicación pública o transformación de esta obra solo puede ser realizada con la autorización de sus titulares, salvo excepción prevista por la ley. Diríjase a CEDRO (Centro Español de Derechos Reprográficos, www.cedro.org) si necesita fotocopiar o escanear algún fragmento de esta obra.